U0932933

倾听缪斯的絮语·中国当代唯美诗歌精选
韩少君　高长梅　主编

山的外面是群山

大解　著

九州出版社
JIUZHOUPRESS
全国百佳图书出版单位

图书在版编目(CIP)数据

山的外面是群山/ 大解著. -- 北京 : 九州出版社,
2014.3 (2021.7 重印)
(倾听缪斯的絮语 : 中国当代唯美诗歌精选 / 韩少君,
高长梅主编)
ISBN 978-7-5108-2782-2

Ⅰ. ①山⋯ Ⅱ. ①大⋯ Ⅲ. ①诗集 - 中国 - 当代
Ⅳ. ①I227

中国版本图书馆CIP数据核字 (2014) 第041897号

山的外面是群山

作　　者　大　解　著
出版发行　九州出版社
地　　址　北京市西城区阜外大街甲35号 (100037)
发行电话　(010) 68992190/2/3/5/6
网　　址　www.jiuzhoupress.com
电子信箱　jiuzhou@jiuzhoupress.com
印　　刷　北京一鑫印务有限责任公司
开　　本　720毫米×1000毫米　16开
印　　张　10
字　　数　115千字
版　　次　2014年4月第1版
印　　次　2021年7月第5次印刷
书　　号　ISBN 978-7-5108-2782-2
定　　价　32.00元

前言

诗歌之美源于自由：心灵的自由，精神的自由。

作为和时代同步的诗人，他们有着敏感的内心，用灵动、柔软、圆润、晶莹的内心亲近生命，感受光明，传递善良。诗歌写作，毫无疑问就是诗人内心的独白。写生命的开始和消亡，写河流，写大地，写一草一木，写细小的生命所散发的温暖。

诗人实际上是用作品还原事物的本真和他们内心的脆弱。

诗人大解似乎要通过诗歌表达忏悔和矛盾，确认人生在世，乃至宇宙中所处的位置。他精神向上，姿态低垂。他热爱拥有的东西，感恩生命、亲人，近距离触摸大自然。他一直叩问，不断追求灵魂的自我解脱之道，他是真诚的，也是谦卑的，他在用自身的体验对世界进行深度的观察和理解。

他的诗，在阅读上没有难度，不设障碍，但也从不缺少智性的留白，他像个耐心的工匠，从自己的角度向世界提出问题，每个人得到的启示不一定相同，答案却自留在了世界运转的法则中。

在当下的女性诗歌写作群落里，诗人李南有着自己独特的声音。这声音仿佛暗夜里的光，有温暖而悲凉的双重听觉，更有直入心灵的力量，这力量来源于她目光的向下和心灵的向上。

李南的诗歌充满温情的力量。从世俗熔炉提炼出来的优雅，感伤背景中掩饰的痛楚，形成了她个人特色的冷峻诗风，在描述现实生活的同时又不局限于现实，相对完整地把人生经验和艺术体验呈现于她的创作之中。

卢卫平对词语具有的尖锐而深刻的呈现能力，他从不回避眼前的现实生活，并从中提取真质而凝重的精神意向。他在诗中开辟了自己对观念的呈现和提升的特殊途径，赋予普通事物以诗意化的时代符号。卢卫平的诗作，对观念的确立和诗意阐释，体现出了他所具有的特殊力量的创造性思维和深入精神本质的超常潜能。

经历了多年的沉寂之后，韩文戈带来了一批沉郁的充满中年情怀的诗篇。一种更为谨慎的态度成全了他作品的厚度。

当生活经验与生命体验融合为一，韩文戈的诗穿越时间和空间，超越疼痛与隐忍，展示了一个成熟诗人对世事的感悟，其稳健的诗风也使得他的作品具有了经典意义。

琳子的诗直面现实，本真、质朴，有着鲜明的女性特征和觉醒意识。她善于通过简单的物象来体现人世的大爱大美，尤其是在表达母性和女性意识上，充满理性客观的思考。她还是那种善于在生死这个永恒的主题上发现美、抒写美的诗人。

起于浮华，超乎事态，韩少君的诗歌更具先锋性，他说他从事的是一项在场的叙述性工作，他的诗歌有广阔而深沉的背景，语言简洁，收放自如。韩少君善于从日常经验、个体的生命意识出发，寻找日常生活中的诗意和反动，在经验的世界之上感受另一种生命的真实。现实赋予了他诗歌的力量，也让他在这种力量中感受到自身的强大。他的很多诗篇充盈着批判的人文精神，在这种批判和看似无序之中，我们看到的是一个更纯粹、更可信赖的诗人。

王久辛一向保持着自尊与自强的诗人倨傲的人生态度，他或“以诗进入历史，出入战争”，“写得大气磅礴，狂放不羁，洋溢着浓烈的民族感情和人间正气”（诗人获首届“鲁迅文学奖”时高洪波语）；或借事言怀，借史明义，借景抒情，“表达诗人壮烈的人道情怀和悲悯意识”。王久辛更是一位在艺术探索上颇为精进的诗人，试图追求一种在艺术上经得起时代检验的诗歌语言，“追求语言的最大内蕴与张力，建构诗歌独特的审美空间，追寻意象的魅惑力”（文学博士谭旭东语）。

此外，张庆岭诗的成稳，高非子诗的清隽，90后代表苏笑嫣诗的青春活泼都各具特色，都值得读者的关注。

我们的工作是将这些作品呈现出来，希望给人以启迪，从而引发深深的思考。

目录

第一辑　原野上有几个人

第二辑 闲云

第三辑 路过一个村庄

目录

第四辑 北方的雪

第五辑 春天里

第一辑 原野上有几个人

白杨林

稀疏的白杨林落尽叶子

清晨散步　只有少许的鸟鸣

那些光裸的枝丫简洁明亮

在清爽的风中微微晃动

透过疏朗的树干凝望远处

可以看到一条宁静的河　淌过原野

岸边一带是些村落

烟缕缥缈　隐约地有人在走动

多么快呀　一晃又是秋天　秋天喽

这时节天有些凉了

树林的深处一派凄清

想起那些枝繁叶茂的时辰

露水点点　依然令人感动

我踩着落叶随便走走

林中的空气十分干净

鸟的叫声像玻璃　在风中反光

我的眼前忽然一亮　不觉已是

日上林梢　大约七点钟

铁路两旁大树被伐

铁路两旁一下子空了

我突然觉得有些清冷

昨天路边还是大树遮天

今天已经一棵不剩

穿过低矮的地道桥

秋天从郊外刮来了凉风

也刮来了麻雀和薄云

在石家庄北部

高大的白杨躺在地上

细小的行人走在风里

我看见人们低垂的黄脸被风吹皱

我看见空气经过这个城市

毫无遮蔽地进入了天空

梨园

五月的梨园混同于白雾

蜜蜂传播着香气和花粉

几个中学生经过这里　走向校园

抽水机在远处突突地响着

去年也是这样　老农带了三头牛

他坐在梨树下抽烟

春天在另外的地方催出花朵

确切地说　论季节已是初夏了

北方的梨花开得较晚

北方也太大　时间走起来不会太快

一片又一片果园挡住了去路

风吹在树上　软绵绵的

我经过梨园到邻村去

几个中学生在我前面　故意旋起白裙

在梨花深处　发出放肆的笑声

干草车

沿河谷而下　马车在乌云下变小

大雨到来之前已有风　把土地打扫一遍

收割后的田野禁不住吹拂

几棵柳树展开枝条像是要起飞

而干草车似乎太沉　被土地牢牢吸引

三匹黑马　也许是四匹

在河谷里拉着一辆干草车

那不是什么贵重的草

不值得大雨动怒

由北向南追逼而来

大雨追逼而来　马车夫

扶着车辕奔跑　风鼓着他的衣衫

像泼妇纠缠着他的身体

早年曾有闷雷摔倒在河谷里

它不会善罢甘休　它肯定要报复

农民懂得躲藏

但在空荡的河谷里　马车无处藏身

三匹或四匹黑马裸露在天空下

正用它们的蹄子奔跑　在风中扬起尘土

乌云越压越低　雷声由远而近

孤伶笨重的干草车在河谷里蠕动

人们帮不了它　人们离它太远

而大雨就在车后追赶　大雨呈白色

在晚秋　在黄昏以前

这样的雨并不多见

兴隆车站

火车连夜开进燕山
凌晨三点到达兴隆　这是晚秋时节
正赶上一股寒流顺着铁轨冲进车站
把行人与落叶分开
在树枝和广告牌上留下风声

凌晨三点　星星成倍增加
而旅客瞬间散尽
我北望夜空　那有着长明之火的
燕山主峰隐现在虚无之中

二十年前　我曾登临其上
那至高的峰巅之上就是天了
那天空之上　住着失踪已久的人

今宵是二十年后

火车被流星带走　夜晚陷入寂静

在空旷的站台上　我竖起衣领等待着

必有人来接我　必有一群朋友

突然出现　乐哈哈地抱住我

必有一群阴影　在凉风之后

消失得无影无踪

一个修自行车的人

一个曾经给我修过自行车的人
现在我找不见他
在街道的拐角
他的烂摊子总是摆在那儿
脏兮兮的帽子　乌黑的手
而脸却红得发紫　现在他不在
已经很久不在了　他的地盘空着
只有落叶和废塑料袋簌簌地抖动

秋天的街道空荡而寒凉
总有一些人走出街口
永远不再出现　假如他缩着脖子
突然出现在我面前
我该是大叫呢还是出一身冷汗？

有人传言　那个修车人没了

传说他溶化在空气里了

有人曾经看见过他的脸　浮出记忆

一闪就不见了

他修车的地方只有风

和过往的行人　而他不在

他不在此处　也不在别处

原野上有几个人

原野上有几个人　远远看去
有手指肚那么大　不知在干什么
望不到边的麦田在冬天一片暗绿
有几个人　三个人　是绿中的黑
在其间蠕动

麦田附近没有村庄
这几个人显得孤立　与人群缺少关联
北风吹过他们的时候发出了声响
北风是看不见的风
它从天空经过时　空气在颤动

而那几个人　肯定是固执的人
他们不走　不离开　一直在远处
这是一个事件　在如此空荡的
冬日的麦田上　他们的存在让人担心

村庄

一

春天来到了我的家里

而野丁香躲在墙外　在偷听

两个小女孩因为一条橡皮筋而争吵

一个哭了　另一个在生气

这其间云彩绕到山后

给另外的人遮阴

残月沉入青天底部

像人啃剩下的饼

我的母亲从屋里出来

根本没注意这一切

二

母亲在院子里忙活

顺便晒晒太阳

她感觉不到地球在转动

时间在城里奔跑　到乡村则改为步行

甚至落到牛的后面

两个放牛的小女孩在跳绳

她俩刚吵完就和好了

脸上还带着泪

天使从不哭泣

她们俩不是天使

三

傍晚的炊烟越来越胖

最后弥漫了整个村庄

播种的人们从星星里回来

磨亮的犁铧闪着光

母亲已经做好了晚饭

靠在门口向外张望

她的腰有些弯了　头发全白

眼睛却不花　还能望见织女星座

织女可能认识她　或者暗自结拜过

她们神交已久　却从不来往

四

人们隐蔽在夜幕里　酣然大睡

狗的叫声暴露出村庄

紧咬人　慢咬神　不紧不慢咬鬼魂

狗用叫声表达它所看见的事物

母亲失眠了　她在盘算种子和收成

而睡在土里的人只做梦而不翻身

村庄太老了　因而实行分居

地上住着子孙　地下住着亡灵

春天到了　天不冷了　这多好

暖融融的村庄被道路纠缠　又被星空吸引

五

后半夜下起了小雨　丝丝缕缕的

从哪儿悄悄飘来这么多的云？

母亲打开灯　小心地查看一遍

又回屋躺下　外面响起了鸡鸣

先是一声两声　随后连成一片

整个村庄的鸡都在呼应

这时雨脚越来越密了

像一群小女孩光着脚丫在跳绳

她们真乖　轻轻跳起

又轻轻落下　不打扰春夜的梦境

表弟

晚秋时节　收获过后的红薯地里

总还能挖到一些遗漏的红薯

我和表弟一起去挖　有时半天能挖五六斤

回家后　大人使劲夸我们

像政府授予的三等功

有一次我们刚刚走到薯地里

表弟刨下第一镐就挖到了一只大薯

这是绝对的幸运　我敢说

没有人能够如此幸运

表弟惊讶得不知所措

抱起红薯就往回走

他生怕放到我们唯一的篮子里

而混淆了他的功劳

记得当时我劝不住他

我揍了他一顿

我六岁　表弟四岁

他打不过我　他只能哭

长大后我们提到此事　他就笑

而我后悔不该打他　我也笑

如今表弟已死去多年

他的坟地里有时种高粱　谷子

有时种红薯或者黄豆

几年前我去过他的坟头一次

上面长满了荒草　风吹过去

草叶来回地飘忽

清风

晾在绳子上的衣服几乎要飘起来
去寻找它的主人　而主人在风中
被阳光包围　像一只昆虫待在琥珀里

她有些透明　至少是
脸和耳朵是透明的
洗衣服的手在溪水里是透明的
而小溪模仿玻璃向下流动

在两棵树之间　绳子绷得不紧
因此衣服能够悠起来
衣服太轻了　里面没有人

里面的人是白色的
她正在水边

一边洗涤　一边想着心事

树影渐渐移到溪边

细碎的叶子映入水中

就像轰不散的鱼群

这时清风从南边吹起她的头发

又吹过绳子上的衣服　隐入清山一侧——

那里有炊烟升起　有鸡鸣

隐在稀疏的瓦屋中

月亮

四十年前　有一个月亮从山后升起
这个月亮很圆　不是从前的那一个
从前的月亮是弯的　它经过山村时
人们不太注意　也不抬头望它

山村的夜空又陡又高
不小心就会掉下来
而这个月亮　成功地
越过天空　并引人注目

那时我六岁　我记得
整个天空就这一个月亮
它升起之后　又相继升起
几颗细小的星星

这些神秘的事物　对于我

构成了吸引　而对山村似乎不是

山村静得出奇　没有人仰望

也没有人低头沉思

等待

在我等待的时间里　有三个人
穿过地道桥　在第四个人出现以前
一只废塑料袋先于晚风冲出桥洞
进入了郊区的麦田
这是城乡接合部　火车在空旷中
声音传得辽远　它总是
在云彩最稀薄的时候呼啸而过
使路边的石头微微震颤
天色渐渐暗下来
行人和杂草在变凉
秋天眼看就要过去了
而他仍没有来　这使我怀疑自己
是不是记错了时间和地点
也许他尚未出生　或已经过去了多年

鸟群落在树上

树叶落光之后　使我有机会
清楚地看见鸟群　它们落在树上
从一个树枝跳向另一个树枝
一会儿也不老实　像一群孩子
集体逃学那么高兴

光裸的树枝上
一群大鸟中间夹杂着一群小鸟
两种鸟　长尾巴和短尾巴
发出不同的叫声

有时树枝上只有一两只鸟
从别处飞来
叫一阵　又飞走
在鸟迹消弭的远方

积雪的山脉上空泛着白光

几片薄云回到了天顶

这些落在树上的鸟

不是来自山后

它们飞不了那么高　那么远

它们只在树上玩耍　做巢　下蛋

不像掠过上苍的星星　从不停留

也不在人间留下阴影

第二辑

闲云

泥人

最初　他只是一堆黄土

然后他是一摊泥

是我把他从地里挖出来

加水　搅拌　摔打　然后塑造

成为一个人

也许他本来就是一个人

曾经在地上生活　狩猎　奔跑

生育了许多孩子　后来他死了

被人埋在土里　成为黄土的一部分

现在我让他苏醒　重新回到世上

我让他哈哈大笑　但不发出声音

我让他永远不再死亡

除非他偷偷溜回大地　再一次

在黄土中藏身

如果是这样　我就抓住他

把他重塑为一个顽童

让他贪玩　淘气　整天乐此不疲

从此忘记自己的家门

母亲

在我塑造的泥人中　有一个老妇

腰弯得厉害　乳房干瘪

牙也掉光了　不　还剩下一颗

嘴唇也瘪了　鼻涕也流出来了

脸上全部是皱纹

我把她命名为母亲

她的身体里走出过好几个人

现在她空了　只剩下自己

总有一位母亲是这样

她已经衰老　疲倦

禁不住风尘的扑打

但依然坚持着　不肯向时间屈服

我真想劝她歇一歇

我真想让她回到童年——

一个小女孩　蹦蹦跳跳

四岁　或者五岁

在土堆上玩耍　天黑了还不想回家

她倒退了一步

她倒退了一步　但很快
就稳住了身子　继续前行
风不能阻止她　风只能吹在她身上
吹吧　一个年过七十的老人
还有什么可以惧怕

她倒退了一步　是因为
她手里提着两个大塑料袋
里面灌满了北风
这是北京最冷的一天
在东三环某个胡同口　她出现
又被风推了回去

但她只倒退了一步　就稳住了身子
我看见她瘦小　弯曲　衣衫破旧

身体倾斜着　迎向风

塑料袋几乎要飘起来

又被她牢牢控制住

北风再次经过她时

容忍了她的衰老　也允许她

在人群中消失

隐士

一

多少年过去　笔直的平安大道上
总有不断的行人　我认识其中的一个
他的身影忽左忽右　忽前忽后
好像带着一个随从

他是一个闲人　到这世上来游逛一趟
就在他进出商铺之间　秋天已经来临
在那凉风中　走到尽头的人们试图返回
但生活阻止了他们的行动

"过去的就算过去了
别指望岁月会原谅我们"
我这样自语时　他已经混迹于人群

他曾在夜里找过我

也曾在梦里喝酒　闲逛

那时他尚未去世　而现在

他是一个幻影

二

要完整地浮现一个人

需要肉体和灵魂　他不具备这些

但他有权在风中弯腰捡拾落叶

一片又一片无处堆放

在时间的旧账簿里　行人恍惚

我回望昔日时总有些眼晕

那些应该模糊的　越来越模糊

而该清晰的　却被光阴遮住

成为不可企及的远景

而他是个例外　他出入于生死之间

有如风从大街回到客厅

就是警察也拦不住他的脚步

在平安大街　他不住地回头

注视着多年以前的人群

三

他看见什么　什么就消逝

他触摸什么　什么就流动

对于一个过往之人　时间总是放宽他的尺度

允许他在人流中购买一件衣衫

也允许他在还价时　花出烧毁的纸币

秋天渐渐地凉了

身体是靠不住的

在持久的摧毁中

他要找到一个四面漏风的旧车站

在那里　月亮隔着窗子

曾经看见过他体内的阴影

那时他接受了照耀和关心

正如今日　他在太阳底下

试着衣服

从一个店铺到另一个店铺

不躲避秋风的扑打

也不害怕售货员看穿他的灵魂

四

从一日到另一日　他从平安大街回家
开门　关门　吃饭　睡觉
然后度过所有时光　直到有一天
他从梦里起身　独自远行

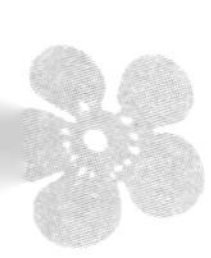

没有人能够拦住他　即使抱住后腰
反复劝阻　也不能阻止他的决定
那时我骑车路过他家门口
看见他在稀薄的人影里　甩着袖子前行

从平安大街到晚霞之间

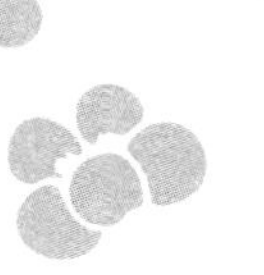

至少有一千多里　但他自信可以走过去
这个倔强的家伙　吹着口哨
肯定是卸下了一生的包袱　多么轻啊
看他踩在雪地上　都不留下脚印

五

没有人怀疑　他对另一个世界充满了憧憬
他是对的　如果生活拒绝与他合作
他不能不出走　以一笔勾销的方式
撕毁合同

那时他咬着牙齿　离开了此地
让人们从此找不见他
就像他出生以前　不露一点踪迹

但我还是发现了他

在不到十米的距离　他在购买　闲逛

两手插在裤兜里

不在意人们的议论

我分开行人试图抓住他

他欠我三顿酒和几年的话语

他必须还账

是一粒沙子救了他　一粒沙子

飞到我的眼睛里　在我揉出之前

风把行人吹散　也趁机销毁了一些阴影

六

我们应该有一个体面的方式交谈
而不是躲躲闪闪　但他有意避开
我能看出他回避的眼神

其实　在这世上　没有人追迫他
是他自己走到人生之外　像一个囚徒
在放风时溜出了门缝

我看见他流着鼻涕　衣衫单薄
秃顶的脑门上落着灰尘
他显然有些陈旧　不适合交际
因此他躲避着熟人

唉　他也不容易　我理解

一个穷人的窘迫和酸楚

因此我假装没见到他　以便使他

保持过去的体面　不让我们为他担心

七

我们迈出的每一步　都在通向死亡

而生活有着强大的动力　推进着人类的流程

秋天也一样　它的气流穿过大街时

带着毁灭的杀伤力　吹拂着人们晃动的身影

我的朋友　是在我转身时消失的

但他暴露了生存的另一面

他不是翻过一张纸　而是穿过一张纸
在上面留下的窟窿

在行人稀落的平安大街　一个隐者
往返于生死之间　像光
在玻璃的两面自由流动

我看见了他　准确地说
是我看见了他几十年的生活
也看见了匆忙的过客在市声喧嚣中
不知生之遥远　不知终之时日
一步一步走着　无权不走　无权不停

太行山已经失守

这是无法阻挡的事情

当傍晚运行在高空里的西风

把太行山上空漫过的透光卷积云

吹成细碎菲薄的鳞片

紧跟着天就凉下来　转瞬波及几千个村庄

一旦太行山失守　整个华北平原就无可凭依

我担心的事情终于发生了

那些村野间的树木开始交出它们的叶子

而乌鸦和麻雀们还没有准备好过冬的衣裳

我缩着脖子站在路口

看见阳光退出原野　与此同时

束腰的蚂蚁正在翻越土粒和草根

返回自己的家乡

我也该回去了

我跟在放学的孩子们后面

听他们说说笑笑　他们什么也不怕

就是凉风吹进墙缝　天空拔高一万里

他们也不在意

而太行山不行　它必须坚持住

它必须在西风闯下山坡以后　等待星星出现

以便顺着它陡峭的峰脊向上攀升

老邻居

一群蚂蚁在墙脚下住了多年

它们早出晚归　把叶片和小虫搬回家里

一路跌跌撞撞　有时一只甲虫的尸体

会把它们累坏　甚至耗去半天的时光

有时我蹲下来观察蚂蚁

但更多的时候　我忙碌

骑车　坐车　人多拥挤

蚂蚁的小脚走上一年　也到不了那么远的地方

我认识一只年老的蚂蚁

它死的时候　把搬运的货物丢在路上

它仰面朝天　好像睡着了

在一座喧嚣的城市　除了我

没有人知道它已经死亡

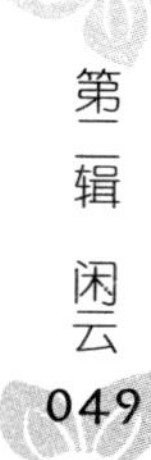

我说的是小蚂蚁　又黑又瘦　束着细腰

在我的楼下一住就是多年

我们已经是老邻居了

但我经常忽略它们的存在

也许在蚂蚁的眼里　人类都在瞎忙

麻雀

秋天到了　偷吃粮食的麻雀开始行动
它们成群结队飞到农田　从早到晚　吃得肥胖

几个稻草人　带着破旧的草帽
根本赶不走麻雀　它们嬉皮笑脸
飞这飞那　有时哄然而起
在天上绕一圈　又回到地上

我看见两只麻雀在吵架　先是叫骂
随后纠缠到一起　在地上翻滚
后来打到了天上
这时节　人们太忙了　顾不上劝架
也不分对错　一顿埋怨过后继续干活
不再理会那些闲事

远近的村庄一派安详

树林上空　那些星星住过的地方

有一只鹰在盘旋　但不安家

它们幼小的孩子在窝里　还不会飞翔

我转过身　再看那两只麻雀

已经和好　正在小溪边喝水

并相互梳理羽毛　交谈着

不知说了些什么　然后双双起飞

朝着村庄的方向

闲云

从一幅古旧的山水画上　大约是秋天
一个渔翁收起钓竿向我走来
他的蓑衣上还滴着水　而湖面上
薄雾已经散开　只剩下小木船
和清风过后的波纹

这时远山从背后升起
挡住了西风的去路
我看见树林摇撼
高天里走动着散淡的薄云

渔翁走到岸边　向我招手
他说了一句什么　我没有听清
由于年代太远　他走到今天
需要三千多双鞋和五十多个身体

期间变幻无数次命运

他算了算　还是回去吧

于是他又回到了船上　继续垂钓

我呼他三遍都没有答应

只有一片闲云飘过来

轻轻地擦过我的头顶

乌鲁木齐

零点从喀什起飞　往东五十分钟

地上出现了灯火　先是星星点点而后连成一片

这一定是神不在的时候　人类统治了世界

把村庄改建成一座大城

我从天上经过　俯瞰这片灯火

认定它就是乌鲁木齐　除了它

谁敢睡在天山的身旁

此时正值子夜　飞机在下降中拍打着翅膀

夜空并不太暗　隐隐透出幽幽的天光

我认出七颗星星混杂在灯火中

七颗　嘘　小声点　别惊动它们

我敢肯定　乌鲁木齐一定有神秘的人物

在房间里私语　或是背着手　在大街上闲逛

这是一个不同寻常的夜晚　不凡的地方

走下飞机的时候　我看见天上

出现了密集的灯火和隐隐约约的脚步声

在天山仰望长庚

长庚已经出现　但丈量天空的尺子还未造出

大意的人们忽视了这个傍晚

可是长庚确实已经出现　在天山南坡

原野微微倾斜　已经接受了它的光环

天空垂挂着星星索　却无人能够攀缘

我不能劝它低一些　也无法劝它暗淡

白昼沉沦了　天山在黄昏中躺下来

而一股沙尘暴却陡然起立　越过一道斜坡

消失在视野的边缘

在戈壁　夜色最早是飘忽的

而后稳住　凝固

有把我涂黑和抹去的意思

幸亏我不是好惹的
通过土地　我可以算出天的位置
通过天　我可以找到星星和它成群的伙伴

长庚已经出现　但走向天空的脚还未长出
既然如此　我愿意孤独地待在某处
任凭时间摩擦　直到闪出内部的花纹

旋风

旋风带着土腥味　直立着
从东向西移动
它横穿铁路的时候正好与一列火车交叉
车里正好坐着我　目击了它的来临
这是一瞬间的事情　它旋转　飘移
晃晃悠悠地过来　像个醉鬼
或是某个区域的轴心
路边的烂叶和尘土随风而起
其中一个塑料袋被它撕开后卷入高空

来不及犹豫　一场突然的遭遇已经发生
这时已没有退路　我看见火车大吼一声直冲过去
这个钢铁的猛兽　使出了蛮劲
与旋风展开了较量
我屏住呼吸　攥紧了拳头

心脏几乎提升到了喉咙

火车冲了过去　旋风也冲了过去

谁也没有躲避　谁也没有停下

事后我发现　火车加快了速度而旋风

到了铁路的另一侧　依然在旋转

片刻之后从地上拔起来

离开原野进入了天空

山的外面是群山

考虑到春天的小鸟容易激动
我决定绕过树林　走一条弯道
赶往卵石遍布的河滩

那些小鸟　腹中已经有蛋了
而山脉产下卵石以后
从来就撒手不管

这正好符合我的心愿
我收藏石头已经多年

我走过的河滩不下千里
我经过的村庄　老人蹲在墙脚
阳光离开他的时候

有风吹着远处的树冠

一切都静静的

没有人知道我来这里干什么

我的周围是山　山的外面是群山

河套

河套静下来了　但风并没有走远

空气正在高处集结　准备更大的行动

河滩上　离群索居的几棵小草

长在石缝里　躲过了牲口的嘴唇

风把它们按倒在地

但并不要它们的命

风又要来了　极目之处

一个行人加快了脚步　后面紧跟着三个人

他们不知道这几棵草　在风来以前

他们倾斜着身子　仿佛被什么推动或牵引

第三辑 路过一个村庄

去山中见友人

山村里没有复杂的事物
即使小路故意拐弯　我也能找到
通往月亮的捷径

可是今夜　我要找的是
一座亮灯的屋舍
那里母鸡经常埋怨公鸡
不该在子夜里打鸣

那里有一个憨厚的兄长
从他的络腮胡子上
你可以看到毛茸茸的笑容

我想我突然敲开他的门

他会多么高兴

山村里没有复杂的事物

我去找他　就真的见到了他

他确实笑了　高兴了

一切就这么简单

李白去见汪伦的时候也是如此

回声

一个四岁的孩子跳下土堆
更小的孩子们也争着往下跳
其中两个骨碌之后爬起来　继续跳
他们的小胖手　一边拍土　一边擦汗
把自己抹成了花脸
像一群脏兮兮的玩具

一尺高的土堆　二尺高的孩子
几丈高的村庄
村庄周围的山脉上空
是棉花做成的白云

我路过这里的时候　孩子们跳得正起劲
不时发出尖叫　终于有一个哭了
她两岁的脸　哭成了圆形

不一会儿她又笑了　接着玩

我拐过山脚的时候　他们还在跳

从一面弧形的峭壁上

我听到了他们的回声

路过一个村庄

一个老人用皱褶加深他的衰老
他指给我道路　我走了一阵之后开始怀疑
他所说的方向可能通向来生

在乡村　路上走着牲口
也走着行人
一条狗怀着疑虑的目光盯着我看
我假装若无其事
它跟了我一段　然后停下不动

年轻的时候　我曾经跑过
狗在后面追赶
我的失败助长了它的威风

现在我有了经验　我不跑了

我用余光看它　当山重水复
道路卷成麻绳　我就停下来问路

这时一个孩子出现了
他的身后房屋重叠　恍若隔世
从空荡的胡同里　刮出一股凉风

秋天所见

我相信太行山里有足够的凉气
能把这些流水凝结成冰　但现在还不是时候
现在落叶要漂到下游去
到一个不可知的地方
它选择躺在水上　而不是飘在风中

要是一片落叶也就算了
是许多落叶要去旅游　借助流水
实现它们漂流的美梦

一个农民在河里放置了鱼篓
我担心叶子钻进去　毁了自己的前程

在高大的太行山的阴影里

那个农民背着手走了

他的后脑勺里想的什么　我能猜到

但我没有理由制止他的行动

叶子漂着　鱼儿游着　天气越来越凉

我加快了脚步　仿佛是要走出自己的一生

已经过去了几十年

小时候　我听过一种鸟的叫声

过于婉转　几乎到了啰唆的程度

几十种音符也无法分清它的语言

我没有见过这只鸟　它躲在树叶后面

把歌唱和言说混为一谈

整个下午　它就叫了那么几声

在清风乍起之时　在云影飘离之后

我想看看它的胸脯和羽毛

我想看看它的嘴

但它藏得太深　一直隐而不现

我只听过一次它的叫声

我想　它一定是只美丽的鸟

我一边想　一边赶路

我一边赶路　一边回忆

慢慢地　已经过去了几十年

有什么事物正在来临

叶子落光以后　沙滩上的白杨树林
显得非常干净
凉风经过这里时加快了速度——
这些带着响声的气流　不知来过多少次了
除了落叶　有时也清扫地上的阴影

我怀疑鸟群就是被风刮起来的　当一群鸟
在高空里盘旋　你不知道它们将落向哪里
但黄昏正逼迫它们回到树林
以便把更高的的地方　让位给星星

我至少十年没有来过这片树林了
有些树已经衰老　而更多的是新树
挺拔的枝干显示着活力　在树林上面
（恕我直言）——还是原来的天空

白昼的余晖映在树干上　有着淡淡的银灰色

又一阵风过后　我感觉有点冷

这时一群鸟从我的头顶上空倏然划过

在它们消失的方向　我隐隐感到

一丝轻微的震颤　有什么事物正在来临

这是一条干净的河流

这是一条干净的河流　水清见底
铺满沙子的河床向两岸延伸
混杂着卵石　一直到看不见的边际
在青山挡住白云的地方　河水会想办法
穿过去　在切削的山上留下绝壁

有一群孩子正在拐弯处洗澡
他们呼喊的声音被放大　混合
从绝壁上反射出尖利而含糊的回音

我踩过脚印的沙滩
已被河水冲走了几十年
如今在这里折腾的
是另外一群孩子

青龙河有足够的水　任他们戏耍

当他们玩够了　长大了　老了

时间和尘土将联手　毁灭了他们的记忆

我似乎看见了从前的一幕：

太阳已经偏西　向东展开的

悬崖开始扩大它们的阴影

青龙河暗淡了　慢慢隐藏起流水的光辉

我再次有了眺望河流尽头的想法

当傍晚的炊烟阻挡了我的视线

我的眼睛无由地蒙上一层泪水

三个村庄

把三个村庄连在一起　使用什么?
小路太粗　麻绳又太细
只有婚姻和血缘持久而绵长

王杖子　双山子　小汇合
三个村子里都有我的亲戚
如今他们非老即死　已经多年没有来往
有的房子上长了草　有的拆掉
一些人变成了土壤

我的胡子越刮越多　但我的日子却越过越少
我漂泊在外面　很少回到自己的家乡
三个村庄还在　血缘还在
由于隔着生死　亲人啊
谁在世上　彼此已经渐渐地遗忘?

杨树林

山间的一片高地被杨树占领

杨树被树叶占领　树叶落光以后

一群麻雀代替树叶　站在枝头上

云彩飘过的时候

树林动了动

我指着这片树林说　三年前我去过那里

伙伴不信　他仰起脸

就在他仰脸的瞬间　麻雀哄然飞起

好像树叶遇到了西风

画中人

两个画中人在凉亭下喝酒

聊到高兴处手舞足蹈　开始舞剑

然后仗剑出游　沿着石阶走进山中

景色越来越陡　最后被云彩遮住

他们继续向上　成为仙人

一日　他们从云中归来

长衫飘飘　又回到了当年的凉亭

看见山下烟波浩渺　渔翁垂钓

水鸟越过树林飞入天穹

他们兴致所至　又坐下来喝酒

酣畅淋漓兮且歌且赋

我在上面画出第三个人

这个人是我

宽大的袖子里装着书卷和碎银

我们共饮　同醉　然后走下山来

在同一张宣纸上结伴而行

故事的结尾是

早晚会有一双大手

把宣纸卷起来

正如上帝赐予我们生活

也会决定我们的命运

夜宿山村

我出现在山村对于他们是个惊异
他们看我的脸　打听我的身世
然后相互耳语　露出费解的表情

一个月光下走来的人
惊动了小山村
但很快就平静下来
围观的人们散去　月亮又回到了山顶

我借宿在一户农家
从漏风的窗户纸　传来微弱的虫鸣

后半夜　我知道有神来过
街上一阵慌乱　我翻身坐起
听到了轻微的脚步声

朝霞和晚霞

雷同的夜晚太多　黎明却不同
我选择有朝霞的早晨出去　可以看见远山
上空蒙着一层红布　好像天空有大喜
这是一个吉兆　人们纷纷远行

路上的人渐渐多起来
冒着热汗的亲戚来来往往　驴和马车夹杂其中

走的人多了　路上起了暴土
在朝霞的映照下　人们卷入了红尘

这一天的开端让人畅快　这一天之中
我走了三十里路　回来的时候恰好看见晚霞
比早晨更红一些　更薄一些
好像我遇见的姑娘　低下头时的面容

故土

游子走遍四方而故人不动

——题记

到此为止吧　实在走不动了
先人们放下担子　在此地歇脚并支起窝棚
此后没有再移动　一个村庄从此诞生

没有坟的地方不能叫故乡
为了扎下根子　先人们进入土地
组建了一个地下村庄

有了棚子　有了坟地　还需有孩子
于是一个家族开始生育繁衍
采集和耕种　把炊烟送入天堂

我到来的时候　爷爷已经衰老

爷爷到来的时候　他的爷爷已经死亡

上溯到第一代　是一家逃荒人正在流浪

他们走到一座山前　见天色已晚

就放下担子　开始埋锅造饭

后来星星聚拢在一起　围住了月亮

绝境

在河谷里　暴雨专门打击独行的人
集中在一起的风　吹在他身上
闪电从左面消失　又在右面出现

幸亏他没有做过亏心事
炸雷饶恕了他　去寻找另外的人

炸雷在天空来回走　好像有些不甘心
那一年我淋雨赶路　被闪电追击十里

那一天　暴雨一直下到绝境
为了挽救我　青龙河水弯成彩虹
匍匐在地上　随时准备起身

玻璃

对面楼上　一个女孩在擦玻璃

居住多年了　我从没发现这座楼里

竟有如此漂亮的姑娘

我恍惚记得　有一个小丫头

每晚坐在台灯前写作业

有时星星都灭了　她依然在写

仿佛只有灯光才能养育一个女神

现在她突然长大　出现在晨光里

用玻璃掩饰自己的美　用手（而不是布）

擦去玻璃上的灰尘

她擦得那么认真　专注

不留一点瑕疵　她把玻璃擦成了水晶

她把水晶还原成水

使我更清晰地看到

来自于画布的一个少女

把神话恢复为日常的活动

整个早晨　我在窗前注视着她

见她一边擦拭　一边微笑

最后她拉开了窗子

让阳光直接照在脸上

我看见她的脸　闪着光泽

有着玻璃的成分

西风口

天气凉了　山区的阳光变得暗淡

云丝散尽以后　天空成了云雀的乐园

它们成群地越过高空　消失在山后

等到西风穿过山口　将有落叶在高处飘浮

寻找它们的根

我曾多次试图穿过这个山口

都被西风吹了回来

我走的是大路　西风走的也是大路

在西风的后面　更加致命的压力来自远处

——我迎面遇见了星群

今天我不想跟西风较劲

我坐在山坡上　享受阳光

俯瞰村庄和树林

今天我的心情特别好　有这么多鸟
在天空表演绝技　有这么多树叶
由绿变黄　仿佛金币
在回收自己的光芒

西风吹在我的脸上　我甩了一下头发
就像电影里的新青年　解开风衣的扣子
迎风眺望远方　这时云雀回来了
在它们回来以前　天空如大海
没有一丝波澜　却传出神秘的回声

日食以后

昨天，观看日偏食的人们聚集在一起，

仰头望日，一阵阵惊呼。

今天我又看到了这些人。

他们各忙各的，没有人提到昨天的事情。

历史被忽视了，而未来尚未确定。

今天，人们不再仰望什么。

而在接续而来的夏天里，

我越来越感到上苍的宽厚，以及自己内心的缺失。

第四辑 北方的雪

再走西风口

从河套到西风口　有三条路

一条是河流　一条是土路　还有一条

在天空　那是风道　夹杂着飞鸟和云片

就是高山一跃而起　也挡不住西风

有时我不信这一套

决心再走一趟西风口　但在途中

道路被人劈成两半　河水因犹豫而结冰

黄昏假装成大雾　迷住了我的心灵

尔后　西风只是吹了几下

我就弯曲了

我模仿一棵小草　却没有牢固的根

有谁真正走过西风口？除了西风

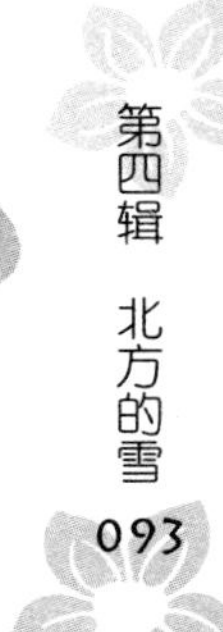

我敢断言　河流是爬过去的

道路也是爬过去的

在山口方向　空气蕴藏着能量

空气的后面是更多的空气

到达西风口以后　我忽然感到

有一股风透进了我的皮肤

在我身体里冲出一道缺口

时间从里面急速穿过　留下了擦痕

天光

雨越下越小　最后变成了绒毛

绒毛散尽以后　阳光穿透云彩的缝隙

斜射下来　越过远山向平原移动

天光泄漏的地方　有人走进麦地

把麦子捆在一起　斜搭在肩上

这是多年以前的景象了　如今

收割机抢在乌云之前开进田野

要么被大雨拍死　要么将麦子一扫而光

也有天光乍现之时　当远山一跃而起

挡住了南风的去路　总有一些人

闪现出皮肤的光泽　赤膊走在原野上

我不一定认识他是谁

既然他敢在云彩开裂处行走

他就有可能在天光的跟踪下离开自我

找到神的故乡

雨越下越小　最后云开雾散

土地暴露出坑洼和水泊　满地都是阳光

我不由得转过身　向后望去

看见往年的流水　一片迷茫

老路

真是想不到　一条弯曲的小路被强行拉直以后
失去了弹性　再也不适合散步与遐想
凡是经过的人　不是走向极端就是离去　成了故人

我已多年没有来过这里了
童年的伙伴已经成了爷爷　童年的风
停留在山顶

多少大幕徐徐开启　又沉沉落下
在晨昏之间　一个人要走多少路才能到达来生
对此我一概不知　也不敢提问

我是这样一个人　爱走弯路　爱逛尘世
把零碎的杂事放在筐里　大事抱在胸前
就是一百个月亮前来干扰　也决不放弃

今天我要走一走这条老路　从弯曲到笔直
其间有多少岁月　被断定为空虚
多少脚印覆盖的脚印　被时间所否定

我来过　走过　可今天不一样
青草就要进入秋天　虫鸣隐藏在鞘翅里
小路已经知道去向　因此前来接应

这时远山退到云彩后面　村庄从树林缝隙中
露出屋脊　我跺了跺脚上的尘土
大步走过去　不觉间　身后追来了往年的清风

远方

远方是地平线　再往前就是遥远

我曾经去过远方　参加一场聚会

但是我去晚了　那里已经坐满了群山

在群山的后面

众神都已获得姓氏　建立了家园

我去晚了　因此被称为后人

也就是在那时　我第一次意识到

我的身后还有数不清的人晃动着肩膀

次第来临

我知道这是谁的安排　但我决不追问

相对于先知和已知　我更倾向于未知

细推物理的原动力和事物的核心

走了这么多年　我知道了

远方就是永远

最远的路　可能通往内心

在这永无休止的路上

我加快脚步　超过了自身

我成了自己的前人和后人

我变成了我们

当远方扩展为无边的愿景

群山也将退去　像散会的人群

我和我们将留下来　继续往前走

我们最后要走的是心路

也许很远　也可能很近

雨后

雨过天晴以后　月亮变得光滑
适合抚摸　但不适合收藏
在透着白光的云片边缘　一个肥胖的月亮
陪我散步　顺便去看望一个兄长

他也是个胖子　脸是圆的
脑门油亮　胡子后面是笑容
我们经常聊到深夜　有时月亮都走了
我们继续聊　我们能把石头坐热
让心发烫　甚至燃烧起来

今夜月亮正肥　阵雨刚过　可以豪饮一场
我已经三天没有喝酒了　三天是多久
你们可以算算　不能再等了
一旦月亮藏到山后　风就会来

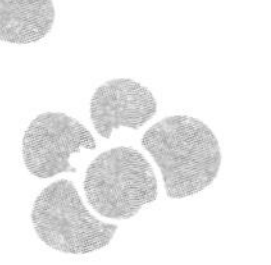

栅栏是靠不住的　灯火引来的东西
一般人驱赶不散

今夜这么好　就是白水也能喝醉
趁着星星和花生米都在发光　我要
加快脚步　去与兄长喝上一壶
想到这里　我已经有些醉意
脚步晃了起来　幸好大地没有倾斜
一股轻风过来把我扶稳

北方的雪

阳光落在地上　与落在棉花上

有着不同的回声　今天落在了雪上

一尺深的雪　使田野变得深厚而松软

细看可以发现　雪粒在阳光下闪烁

有着融化的痕迹　而对于整个原野

阳光不过是增白剂　看上去更加刺眼

这时　一个穿红色羽绒服的少女

在雪地里拍照　她的小姐妹

从我身边经过　耳朵几乎透明

我们从不同的地方　来到郊外

欣赏这雪景　彼此打了招呼

像是多年以前的熟人

这些女孩子　笑起来没完没了

后来打起了雪仗　由于太近

我的身上也沾满了雪

我也加入了玩耍　整个下午

我们把雪地踩得乱七八糟

真是对不起　我们破坏了原野的雪景

沉思

五十年前我以为朝霞是红绸贴在天空　一看见就激动

现在我不这么认为了　因为云彩后面还有更深的天空

值得思考和关注

当孩子们跑向野地的边缘　甚至在风里飘起来

我也只是默默地望着　心里想着别的事情　想着

明年或者更远　将有怎样的消息在山后出现　不同于朝霞

却更加持久　更加缥缈　让人一遍遍沉思

黄昏

山谷里　空气顺着斜坡下滑

落叶在抢占角落　还有一些正在飘零

事物加快了下沉的速度　黄昏从天而降

我看见低处的阴影越积越厚

它们的目的是包围一盏灯

凭我的力气　截住一股凉风绰绰有余

但我控制不了阴影

凡是来自井底和墙缝的东西我都恐惧

整个村庄都被暮霭淹没了

这不能怨我一个人

不是还有村长么?

他有领导活人和死者的能力

他见过乡长和县长　并在月亮下面

得到过神的接见　此刻他在哪儿?

我这样想着　黄昏已经变暗

整个山谷就要被夜色填平

小路上　另一些人

也在走着　是那么零散　模糊

却怀着足够的理由向灯火靠近

山顶

一

天气转暖以后　我想到山上走走
离天越近的地方越干净　尤其是山顶
我滚下石头的地方现在是个浅坑
岁月已经把它磨损　但没有填平
我抱过的松树流出了松油　我折断的树枝
从旁边长出了新枝

对于山脉来说　几十年算个什么
而一个人　几十年就老了　甚至蚂蚁
也敢爬上他的大腿　甚至清风
也敢带走他的灵魂

在山顶

我能不能望得更远？看来这个想法
明显有些愚蠢　都这个岁数了
应该知道命里的灰尘落向何处
应该回避天涯　向自身沉沦

我可能是个异数
给我一副眼镜　我的目光
就能绕地球一周　望见自己的后背
给我一个推力　我就能离开自我
找到新的路径
对　现在就动身　到山顶上去
到了山顶　如果我还能继续往上走
那该是多么轻松

二

燕山是我的靠山　一到平原　我就发呆
平原太平　即使有石头也无法滚动
你们不知道　把石头推下山巅是多么过瘾
我和伙伴一齐用力　说　下去吧
石头就下去了　无论多么不情愿　它也得滚

我对山顶的热爱　多半来自石头
童年干了多少坏事　已经记不清
我对不起石头　石头啊
原谅一个不懂事的孩子吧

如今　我已在平原居住多年

想到这些　心里就愧疚

因此我常常北望燕山　其实根本看不见

我只是望着那个方向　想着那里的人们

燕山是这样一座山脉　山上住着石头

山下住着子民　中间的河水日夜奔流

好像有什么急事　依我看也没什么急事

不过是接受了大海的邀请

大海有什么了不起　不过是水做的平原

但我没在海里住过　也不敢妄加评论

老照片

把燕山放在相册里　实在是不妥
那么多山峰压缩在一个平面上　有些残忍
现在我想激活它　让岩石恢复重量
树林开始摇晃　定型多年的人
重新开始走动

我想回到三十年前
手摸着脸上是青春痘　害羞地看着姑娘
其他人统统闪开　野菊花也要退到路边
只许我一个人走过去

那时山脉已经重叠在一起
河流在阳光下交汇　失去了波涛
有人因注视和欣赏而陶醉

可恨的摄影家　却错过了这些

只拍到一些云彩　山坡　山坡后面的

连绵不尽的山脊　而一群年轻人

却分散在各处　身影非常小

除了最美的一个　其余的无法辨认

一个想法

野菊花编织的花冠　我戴过
而且不止一次　但我没有戴过光环
因此我羡慕彩虹　总想有一天
它正好落在我的头上

这想法虽然幼稚　却很浪漫
我计算过　穿过三道彩虹需要两小时
赤脚的孩子们跟在后面是个累赘
而甩掉他们非常困难　他们会奔跑
并发出尖声的叫喊

我打算偷偷出去　从前山绕到后山
如果云彩肯帮忙　就把村庄遮住
当那些臭小子围住我时　我已经
从远方回来　带回无数个秘密

却秘而不宣

哈哈　就这么做　我想好了

我要猫着腰　轻轻地走

让雨点擦去我的脚印　可是雨呢

什么时候下？雨啊　帮帮我吧

你若同意　就在出发之前

爆发出闪电和雷声

老顽童

把蚂蚁挡在路上是愚蠢的行为
它会顺势爬上你的腿　把你当成一棵树
如果非要讨厌　还不如站在山坡上
装成稻草人　等到小鸟落在你的肩上
你屏住呼吸　一动不动

这样的事我都干过　这么说吧
除了不能上天　我什么都能做到
会有一群孩子与我合作　但他们必须
把鼻涕擦掉　忍住屁和笑声

许多年　折腾和胡闹是我们最大的乐趣
大人们根本不管　他们从来不关心我们
野生的孩子都是这样　摔也不死
打也不死　等到死后才会得病

如今我又一次截住一只蚂蚁　蚂蚁却绕开

小鸟也藏在树叶的背面　或者飞向别处

它们嫌我老了

但我还是坚持着　在路上　在山坡

我假装不动　眼珠却不住地转

等待着上当的小家伙　渐渐临近

日暮

华北走廊尽头　一只甲虫在墙角下打洞
它的屁股对着平原　头钻进土里
爪子往外刨土　落日的余晖照在它的尾巴上
有一点点反光

秋风穿过走廊
在傍晚时分吹拂在甲虫身上　黑甲虫
对挖坑有着天然的兴趣　它忙着
也许正是由于凉意　加深了它的忧虑
急于建造一个安身的小窑洞

一个小孔在忙碌中渐渐形成
甲虫已经钻到了深处　用屁股推出松土
我真有点羡慕它的窝了　但我肯定住不了

整个过程　我都在观看　在欣赏

甲虫没有一丝察觉　它不知道

太阳落下时溅起了漫天霞光

用不多久　人类的灯盏也将次第亮起

而它的家是黑的　我一直在想　它的灯

不是藏在心里　就一定悬在天上

山口

快走或慢走都没用了　天黑以前
到达山口已经不可能　就是风从背后吹来
给你一些推力　也走不了多远
阳光退到山顶以后　道路会萎缩
甚至融化　让你消失在黄昏中

我停住脚步　向乌鸦打听路途
它啊的一声就飞走了　啊是什么意思？
乌鸦是黑暗的同盟　它不可能说出实情

我决定试一试运气　闯过去
直接穿过这个夜晚
只要心里的灯还在
我就能从星星那里借到火种

这时天色渐渐暗下来

蚂蚁钻到了石头下面

石头却释放出内部的阴影

我加快了脚步　感到风从地下浮起

慢慢向高处抬升　而山口却在下沉和凝固中

降低了尺寸　让我这个走了半生的人

略感疲惫　却充满了信心

第五辑 春天里

很久以前

很久以前我经常到一个集镇去　沿着唯一的土路

从河边拐进树林　那时树叶还是绿的　鸟在窝里做梦

人们到集镇上买卖东西　裤脚上沾满了土　腿越走越沉

我推着单轮车　跟路过的熟人打招呼:吃了吗　吃了

人们一边问候一边赶路　一边赶路一边消逝

在拐角处

往年也是如此　一切都过得非常缓慢

即使是日落时分的云彩——那些天上的红尘

也是在很久之后才慢慢散开　慢慢飘过远方的山顶

在旷野

在乌云聚集时出走　这无疑是
一种对抗的信号　容易引起天空的愤怒
我说的没错　先是闷雷在远处轰响
随后山脉在暗中移动
这时奔跑已经来不及了
一旦空气也跑起来　暴雨随即来临

最使我心慌的是
一股旋风也在追我　这个家伙
我好像在哪儿见过　我用手指着它
厉声喝道：呔！不要再追我！
它就站住了　随后化解在空气中

暴雨来临时　灵魂是虚弱的
在追逼之下　我敢跟它拼命

这时悬挂着雨幕的黑色云团

铺排而来　第一个砸在地上的

不是雨点　而是雷霆

与我一起承受打击的还有荒草

蚂蚁　甲虫　和旷野上的石头

它们比我还要卑微和恐慌

却坚持着　从未埋怨过自己的命运

星空

对于夜晚我们有过太多的埋怨
现在我坐在石头上　紧盯着一颗星
说出了相反的话　说完我就站了起来
因为回声引来了福音

此刻　入睡的人们已经熄了灯
释罪者在忏悔之后也获得了安宁
我略微知道一些远方的消息　就起身
把心抬高了一些　是的
在星空之下　不会有狂妄的人

沿着小路向前迎接　我将把遇到的
告诉你们　但我的身体就不用多说了
正如你们所知和领会的
我是多么不配　却已经蒙恩

赶路途中

我迈着大步走在旷野里　几乎与风同步
临近中午时分　空气开始变热　并且越发透明
到了看不见的程度
这就是传说中的白昼　在呈现它的亮度和空虚

往年也曾有过这样的经历　一个人走在路上
浑身洒满了光辉　我越走越快　到了风的前面
看看远近无人　不禁高声唱了起来
总是在这时　远山浮出地平线　挡住后面的白云

夏天的记忆

三个人坐在树荫下　扇着蒲扇
究竟是几个人　我也看不清

夏天里没有肯定的事物
睡不醒的人　很难具有真实的身份

他们静静地坐着　扇着蒲扇
有时换成另一些人

在村口　或者路口
即使无风　树影也会轻轻地移动

他们坐在树下　知道我在远处
看也不看　继续说话

这是四十年前的事了　或许

四千年前　也曾有过类似的事情

有人坐在树下　然后消逝

有人从不消逝　也不来临

夜访太行山

星星已经离开山顶　这预示着
苍穹正在弯曲
那看不见的手　已经支起了帐篷
我认识这个夜幕　但对于地上的群峰
却略感生疏　它们暗自集合
展示着越来越大的阴影

就是在这样的夜里
我曾潜入深山　拜访过一位兄长
他的灯在发烧　而他心里的光
被星空所吸引

现在我不能说出他的名字
他的姓氏和血缘　像地下的潜流
隐藏着秘密

我记得那一夜　泛着荧光的夜幕下

岩石在下沉　那种隐秘的力量

诱使我一步步走向深处

接触到沉默的事物　却因不能说出

而咬住了嘴唇

眺望

染上了浮光的山巅　此时正在加冕

并接受了王冠　我欣喜地看见

鸟群在风里散开　仿佛信使

领受了不可言传的话语

每当这时　我都要给上苍写信

一句　两句　用心地

说出一个愿望

这里没有晚祷的钟声

在白楼和山巅之间

是空气带着余晖在流动

当我抬起头来　感受体内的震颤

总会有一种力量　穿越心灵

此刻白昼将熄　太阳的光

正从尘世退回到天空

我知道这不断重现的景象意味着

生存之奥秘　让人领略造物之神奇

并深深地感恩

火彩飘在天空　从流霞中穿过的云雀
已经染上一层颜色　晚风也添加了许多晕红
这时整个西天都在燃烧　神在扑火
说实话　我没有帮他
而是远远地看着云阵下面
肉体的浮云

此时没有钟声　我却分明感到
时间的轴心在运转　围绕它的
是万物之命

我说出这些
是否有些过分？

就在我忏悔的时候　晚风从背后吹来

我转身看到黄昏正在翻越山脊　向西缓缓迫近

一边是激情在燃烧　一边是灰烬在下沉

我夹在中间　不觉几十年过去

神啊　你能否告诉我什么是人生？

春天里

从风向推断　那些摇晃的人们
最终将与春天和解　承认现实的可靠性
那些脚印　身影　呼吸　喊声　笑容
都是真的　在他们呈现自身以前
梦境已经分解和消化了生活的另一面
把幻影转换为现场

这时老人　丫头　小屁孩儿
都在彰显着活力
乞丐也换上了单衣　健步走在路上

我跟三个熟人打招呼
他们的笑容分散在两腮　而眼睛
被挤在一起　眯成了一道缝

在春天　超越前人只需要半斤力气

引领来者则需要速度和激情

我顾不上回答人们的问候　快步走着

几乎要飞起来　若不是我及时伸出一只胳膊

把自己拦住　我将冲到自己的前面

春天

阳光太强了　即使站在树下
也能看见她的耳朵和半边脸　干净而透明
她有七八个姐妹　叽叽喳喳地议论着什么
除了说笑　动作多于表情

这些女孩子　如果不是来自学校
就是来自于天堂　上帝给予她们的快乐
被青春所吸收　然后完全释放
在空气中

这是城中的一个车站
在等车的短暂时间里　我把树影让给她们
假装看着别处　以便她们放肆地
笑成一团　弯腰拍打
毫不在意远方的薄云　为此稍作停留

西藏

天空如此深邃　定有我的安魂之处

此刻　西藏正把晨光吸引到雪峰顶上

仿佛工匠在贴金　停一停吧

看看我这满身霞光　到哪儿去清洗

如果风也吹向别处　我将独自接受这个早晨

我将抛下手里的石子

随手又拾起一颗　在阳光里

神所安排的秩序

我要动一动

所有这一切　不是我所必须

却早已注定　要用一生的等待和约定

来到这片土地　给自己一个交代

西藏啊　我知道你在加冕时刻

无暇顾及一个卑微的人　在你的腹地

游走　徘徊　与太阳正面相逢

却不敢直视它的光辉　正如此刻

我仰望你的雪峰

却不得不低下头来　领略你的神圣

车过可可西里

一想到藏羚羊跟火车赛跑　我就感到可笑
火车的腿太多　它穿越可可西里时虽然喘着粗气
但仍很蛮横

幸亏这是我的想象　比赛不曾发生
三五成群的藏羚羊在草滩上安静地吃草
它们的周围是空气
和无限的空虚
走到天外一只羊　在白云下做梦

我坐在车厢里　能看见的事物非常有限
一想到我是有限的　我就悲哀了
我的悲哀也是小的　在可可西里
比土地更大的是天空　比天空更加辽阔和深邃的
我看不见　但却已经隐隐地有所感知

朝圣者

在昆仑山里　我们遇到两个朝圣者
一个拉着板车走在前面　车上放着衣物和食品
另一个五体投地　用身体丈量路程

此时是夏天　他们紫红色的袍子厚实而宽大
里面容得下一尊佛
但此时佛在远处　需要匍匐才能接近

在途中　雪山不是为了捣乱和阻隔行人而存在
星辰也并非因为羞怯而隐身　凡是神秘的事物
都不肯轻易融化　也不轻易和我们沟通

只有朝圣者知道其中的秘密
他们使用这个身体　为灵魂而生活
而我不知道灵魂和尘土　哪一个接近永恒

大昭寺

唱着赞歌的藏族女子坐在大昭寺的房顶上

排成一排　手拿木板拍打房顶　有节奏地

拍打房顶

整整一个上午她们拍打着三合土　用歌声维修寺庙

大昭寺外　朝拜的人们反复扑倒

寺内　长明的酥油灯闪着火苗

神坐在光中

我试图把心掏空　在里面放进一些光

一些歌声　一些幻觉　一些梦

但我没有做到　我的心太凉　太芜杂了

可能需要火光才能温暖

需要走到人生的外面才能安静

一个上午　我在大昭寺的里面和外面

直到阳光垂直而下　贯穿我的头顶

这时歌声还没有停止

排成一排的女子们有节奏地拍打着房顶

拍打　不住地拍打　就在我仰头的一瞬间

我突然看见她们的影子　映在天空

过唐古拉山口

唐古拉山口　天空透蓝

逐渐抬升的高原使远山变得低矮

那些积雪的山峰是凉风出逃之地

在火车行驶途中

那些白色的山脉逐渐从苔原地貌的后面缓缓升起

其威严和圣洁让人敬畏

就在斜坡延伸的空旷之地

雪水融化所形成的细流隐藏在草丛下面

若不是云彩在地上投下暗影　你会忽略

弯曲流水的微弱反光

直接被远处连绵的雪峰所吸引

那勾魂的

雪山后面　深蓝的天空一直在飘动

我知道此时　即使风已经停下

经幡依然要展开　抖掉世上的灰尘

布达拉宫

夜幕降临以后　布达拉宫更显得庄严和神秘
灯火映照的白墙和中心部位的红楼在黑夜中凸显出来
围绕这座宫殿飞翔的白鸟时而盘旋
时而成群地飞到广场上空　仿佛上苍派来的天使

这时群山已经隐身　发光者也在星空下获得了安宁
那些合上经卷的人们退到梦里　摊开了他们的手掌
无意间露出了命运给定的掌纹

我在宫殿的外面徘徊　不企盼大能者显现他的圣迹
那不是我的福分所能消受　我只期盼来自高处的风
穿过我松开的指缝　我松开了
但我不知道要放弃什么

我似乎已经成了空壳

没有人告诉我生命的真意

没有人走到我的背后　但我已经转身

玉珠峰

玉珠峰对面　开采昆仑玉的山巅淌下碎石形成的白色瀑布

所谓玉出昆仑　说的就是这里和那里　那里是和田

在玉珠峰的积雪之下谈论白玉　容易使羊脂凝结成冰　从此经年不化

我有一块玉　但不敢拿出来　在昆仑山里　白色是神圣的

一旦神也选择了圣洁　我必须清洗心灵　然后肃然回避